Byron Barton

La petite poule rousse

lutin poche de l'école des loisirs

11, rue de Sèvres, Paris 6ᵉ

Loi numéro 49 956 du 16 juillet 1949 sur les publications
destinées à la jeunesse : mai 1994
Dépôt légal : Janvier 2004
Imprimé en France par Mame Imprimeurs à Tours (n°03122180)

Il était une fois quatre amis.

Un cochon,   un canard,

un chat   **et une petite poule rousse.**

La petite poule rousse avait trois petits poussins.

Un jour, en picorant,

la petite poule rousse trouva des graines.

Elle alla voir ses trois amis et leur demanda :

« Qui veut m'aider à planter ces graines ? »

« Pas moi », dit le cochon.

« Pas moi », dit le canard.

« Pas moi », dit le chat.

« Alors je planterai ces graines moi-même »,

dit la petite poule rousse.

Et c'est ce qu'elle fit.

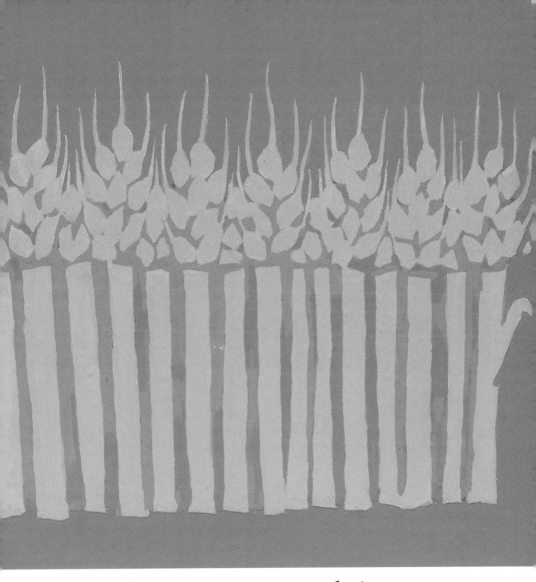

Et les graines germèrent et devinrent
de grands épis de blé.

Alors la petite poule rousse demanda

à ses trois amis :

« Qui veut m'aider à faucher ce blé ? »

« Pas moi », dit le chat.

« Pas moi », dit le cochon.

« Pas moi », dit le canard.

13

« Alors je faucherai ce blé moi-même »,
dit la petite poule rousse.

Et c'est ce qu'elle fit.

Ensuite la petite poule rousse demanda

à ses amis :

« Qui veut m'aider à battre ce blé ? »

« Pas moi », dit le cochon.

« Pas moi », dit le canard.

« Pas moi », dit le chat.

17

« Alors je battrai ce blé moi-même »,
dit la petite poule rousse.

Et c'est ce qu'elle fit.

Ensuite la petite poule rousse demanda à ses amis :

« Qui veut m'aider à moudre ces grains

pour en faire de la farine ? »

« Pas moi », dit le cochon.

« Pas moi », dit le canard.

« Pas moi », dit le chat.

« Alors je moudrai ces grains moi-même »,
dit la petite poule rousse.

Et c'est ce qu'elle fit.

Ensuite la petite poule rousse demanda

à ses trois amis :

« Qui veut m'aider à faire du pain avec cette farine ? »

« Pas moi », dit le chat.

« Pas moi », dit le cochon.

« Pas moi », dit le canard.

« Alors je ferai ce pain moi-même », dit-elle.

Et c'est ce qu'elle fit.

Puis la petite poule rousse appela ses amis :

« Qui veut m'aider

à manger ce pain ? »

« Moi », dit le canard.

« Moi », dit le chat.

« Moi », dit le cochon.

« Oh non », dit la petite poule rousse.

« C'est nous qui allons manger ce pain,

mes trois petits poussins et moi. »

Et c'est ce qu'ils firent.